范伯子先生全集

范曾题

五

范伯子詩集卷第六

通州范當世无錯

光緒十六年庚寅十月再至安福至十七年辛卯正月還家作

強病

強病支離出郭門，攬衣愁歎數烟村。不知眼底家山好，且喜胸中老酒溫。月破風霾微有暈，天連水色更無痕。乘潮即去吾何奈，同望親庭欲斷魂。

吾聞燕生道熊香海有年矣至九江遇之夜談贈詩即次其韻

江漢同流到此深，匡山石室有龍吟。只今香海歸吾袖，笑謂肯堂猶子衿。白也平生最蕭瑟，謝公行處試登臨。君看濁世螺紋現，安得悠悠稱我心。

香海贈以所著論詩雜詠稿三卷讀而酬之疊前韻

泛覽諸家料淺深，江河萬古發高吟。從容此日論三昧，快事當年棄一衿。鑿空山河皆地接，浮天星斗少人臨。子雲覃思渾無賴，頭白方能構此心。

燕生香海同遊甘棠湖之烟水亭論詩頗洽而語及時事乃必不能諧香海不復顧聞輒復拉觀其壁間舊題而索和焉余即依韻笑作二首一譏香海不識時務一並以吾州之水西亭傲此湖也

結屋樓臺起莫烟，出塵壺嶠九江偏。暫將苦茗捐煩慮，更對甘

棠懷古仙與子鼻鼻難避世生今歷歷可談天看看息顛拏飛
鳥掠樹窺人智尙圓

嗟吾謀食天南北辛苦勞塵卻倦遊往與山妻明稼穡歸當野
老共春秋難拋舊愛於茲戀更締新交爲爾愁安得翩然偕就
我相將同泛水西舟

不堪

水師伐鼓聲猶壯舟子彈絃韻轉悽我已無端橫涕淚不聽
雁再三啼

同甘一首將以示叔節叔節甫離家懷丙有淒涼臨野闊
清切覺霜新之句余最誦之

病久愁深容又罩開門祇覺萬重寒因君野闊霜新句遂想同

甘至夜闌

叔節在安福盼我久矣我欲山行而病不能强遲風又不
可耐誦其詩依其憶昔行韻爲思叔節一篇

我思叔節不可聊一夜無眠聽風水叔節思我其如何耿耿丹
心在詩裏嗟吾與子忽然親謂天不仁天同仁萬物洶洶道將
喪願翻百代求其眞攀天下視嗟何極並駕扶攜必有人一馬
從來悲遠道爭先接迹斯難馴子之文章若冰雪已有聲名揚
鳳闕世上安知學道心斯人對我方愁絕糞土榮華亦等閑辦
香前哲無休歇悠悠逝者幾千年句留文字如浮烟淺淺嘗之
淡如水耽耽如食蜜甜中邊耽此方知能不死瑰然大欲憑虛起
作者牛毛成者稀差以豪釐謬千里君家世世皆有聲天下舉

目姚桐城摩挲先澤與人其豈是尋常伐木情嗟我於今弗可道發憤編摩苦不早且爲不謬當如何眼看頭白歸於掃病後懨懨彌可憐家無儋石囊無錢親心樂道妻兒曉百口焉知命在天十年奔走天南北漸覺形骸畏車轍積病支離到肺肝便歸無力耕阡陌平生卻負張吳劉天之所限人難求惟應傍此終吾世或者前言不謬悠與子戚懽在歧路兩載淒其隔烟霧諒子猶爲昔者心不知吾力今非故朝於湖舫哦君書天風激蕩鳴瓊琚廬山萬仞高不極欲起病骨乘山車乘車守風日惶惑惟恐子又歸鄉閭憶嗟人生天地各亦適其適何必連宵達旦長相憶

行過南昌念且與內子相見彼其懷我也積詩成卷吾豈可遂無一言而茫茫昔意又何從闖取以爲辭乃借歐陽公贈其夫人班班林間鳩四十四韻譜而成之嗚呼吳冀州之爲吾兩人作合也則引歐公薛夫人之文辭相悅白首相賓以速吾之就故吾亦得而效其詩也而吾命窮矣

我之弗思子以昨病艱日孤篷野水間生死勢飄忽一哭皆棄捐空軀使之沒方知平生心猶是血氣物陷落肝脾間孤提不能出何但夫妻哉一一皆已畢當潰弗復攻生機轉來弼俄延復至家扶攜蹌親膝問故喑難陳思危內自慄棄捐謂之何大罪不容劾仰觀親傍徨俯益自寬卹庭堂弗可居鄰廟假一室喘汗秋陽天何由得蕭瑟畏見衰顏親祇可弟兒姪兒動則麾

之況也所深嫉隔廳無履聲鄰語變啾唧嘗倚一日禪圖擁半
宵逸欹枕雲雷與合眼風濤颶十宵成一寐有夢在虛實何堪
當此時見爾悲相失無因而至前此事眞咄咄嚴拒弗思之懷
藏亦已密心神纔一交驚魂自奔佚吾欲鏟根株寤寐苦不一
寐即聽其然寤乃從吾吉久之爲石人混沌還吾質嗟吾非子
讎深恐累斯疾譬若昨無身焉得爲子匹插足輪囘邊歸來可
自恤親養幾不終吾罪當斧鑕傷哉一年情烏能爲子述去書
十二三已恐子心鬱大義均悲愁兩地嗟何必今春得素書苦
語調新律吾作他人看疊誦轉驪溢秋間病再深不願觀鄉筆
書來閉篋中編在某甲乙十月冒霜征辛苦君鞭扶瞬復同闈
闈念子何秩秩白髮擾青絲吾當爲君櫛君亦聊相娛珍髫自

加鬚暫倚君堂嬉從容返蓬蓽吾從衰病餘不復望簪紱所嗟
惟別離那得便窮乞

有懷謝渭巖於竹岡青因及香海

人間處處鍾靈秀沃養滋培各一叢俯仰當前消白日蹉跎老
去咽悲風古來聖哲懸天上薄海珍奇會土中嗟爾竹岡青易
了烏能即使渭巖窮
江西橫亘一千里山水滂沱入大湖山倚渭巖撐快闊湖迎香
海走匡廬我來前後經三載於此東西得兩儒便約半山造山
谷攜樽同作醉翁徒

追悼武邑蕭孝子

蕭君藹藹蹈中庸一日身投烈燗中天不反風哀至孝八思禁

水配前忠嗟余謬主文章事對此慙非議論功改轍南來祠廟
歎永懷壯節悼無窮

余文債甚多而蕭孝子傳久不作亦慽事也姑爲此詩存之
余在觀津書院得此事方擬商諸牧令爲建祠院中不圖歸
來遂病不能往而摯父先生又去其官當時所代州縣兩勘
語附於此

該縣勘得附生蕭殿魁館於他塾自給驚其母廬被焚聞難
於數里之遙灰心於一望之頃知横死以全生理洵博士弟
子之殊尤撫薄俗而得孝民亦守土有司之榮幸方當垂之
不朽未敢壅於上聞

該州勘得附生蕭殿魁畢命親庭流聲州壤蹈人間之至慟
投烈爓而不辭天道難知無孝子反風之望人情猶厚動鄉
閭禁火之哀俯鑒下情仰求恩澤

有懷信都觀津兩院諸生

三年盎水濯孤桐次第涵濡丹桂叢土熱根深應自茂日長花
好不能同最憐三尺小松樹得自萬山深莽中誰與搓摩比肩
上直將地籟引天風

懷松坡信都

吾家望子三千里吾去家山一萬重蹤蹟益疏音問斷性情雖
好夢魂慵年來不幸長空甑病後無言似啞鐘悵望師門渺愁
絕故人安得獨從容

灘河遇大風浪作

灘河惡浪何喧喧，泱漭欲與湖江連。湖江之深不可測，灘河幾尺烏能然。乃知乘風借勢力，頗復揚浪高於天。有潭汪汪澄千年，神龜巨龍於斯潛。下與江海處一淵，旁通百罅流山泉。巖風烈雪冰其顛。嗚呼物理盍如此，對景茫茫空自憐。

廢塔

我行天下雖不多洪楊所踏常經過遠臨城郭未得到每見廢塔高嵯峨鈴鐸消沈兀不語惟有百寶攢蜂窠當時琳宮耀丹碧珠玉纈頂圓光瑳欺陵山川壓都邑幻出雲表飄婀娜粵人所到一炬盡獨留瓦石填山阿吾聞老兵說不一有防敵瞯先摧磨江州以此作烽燧千里百里相奔波江陰民兵夜巷戰風色不辨旌旃訛因風縱火當巨燭照耀天地揮長戈吾州之塔獨無恙至今白日光相摩當門一塔尤聳絕幼即憑檻爲詩歌

去年養病在其下顧惜形影猶摩挲年深日久有廢壞無人督役來撝訶對此茫茫一嗟喟世間豈復憐彌陀中興以來三十載不見一廟重委佗方知佛意今衰歇天下洶洶又若何

戲書歐公答梅聖俞莫飲酒詩後卽效其體

莫談道談道能令詩不好君詩談道甘如飴我甚味之無由嗤惟其言語旣詼詭難復瞻顧如常時君不見李白猖狂不自疑語語金丹綠玉巵臨路悲歌懷仲尼君於其誕或笑之無怪不能爲若辭君謂聖俞莫作詩但當飲酒無所知又言爲善將功施或使文章千載垂文之於詩又何物強生分別無乃癡朝朝酩酊求功善萬事崢嶸未得齊我愛居士集繹彼删存思還當

一一求公涎聊以弟子諍其師

自峽江登岸山行快然一釋其十日灘河之梟行十餘里成此篇

波間困阨久登岸美於天城門有高路一折爲山田山田小如瓦我行在半山蒼翠四面合風塵無由干又疑此何地直入家山間早知山行樂我亦拋湖船北方乘騾車辛苦憶當年彙四係車上磊砢盈頭顚那敢片時坐惟應終日眠南方輿轂好容我擁故氈舉手摘花蕊開眼覯陳編掩卷得新作攬裾出吟箋分明炫珍髭索賴輿人前輿人誦叔節一貫青銅錢曉曉不去口望我如叔賢我亦懷斯人恨不同流連明朝一樽酒今日方熬煎童奴忽驚顧白髮何芊芊嗟爾豈知我朱顏那得全

山行既爽高興爲詩而病餘膽怯殊甚亦用自傷續成二首到日獻外舅

巖壑清奇水樹饒分明圖畫豈能描經過半日詩如積會合平生興倍遥莫更雄心際天地空憐小膽落溪橋一輪秋水寒逾健試誦公言不自聊

中年頭白古人多病久才消輒自訶何似丈人當老境尚能強飯作悲歌蕭條古縣山家況寂寞空倉拙政科仍作饑雛來覓食摩天舉意定如何

重到甥館讀三釜齋唱酬續錄用秋柳韻呈諸公

北雁南來亦說歸兩家南北是耶非荒田滯穗經三熟官廨垂楊又幾圍景物依依存昔夢風光藹藹戀晴暉嗟余白髮增多

少持比衰翁未覺稀

諸公高詠綠楊秋尚有霜條爲我留病後驄驪千里道到來消受一年愁老懷仍似雙龍井新手高於五鳳樓不謂天南回雁處促樽攜屐得重遊

解裝之夕內子喜余病良已而有霜華滿院夜徐徐之作驪言既洽苦語斯聞內子祗道其今日之驪而余深悉其曩時之苦益性情之至斯可以傳而代言之工非我莫屬矣爲作四時詞用子瞻韻

春風日日吹簾幙早晚庭前數花萼祝花遲遲花不開牡丹開盡楊花落可憐百卉盡更衣猶着寒綈昧玉肌書隨燕到今無處低首依然卻告誰

風露娟娟下庭冷日長一倍宵還永東方日高人未眠北窗蕉綠菱花靜啼面稍將淡粉勻日土高堂未敢曠晚來驚雷明虛幌不似螢光可畏人

去歲編籬削黃竹秋來一院傷心綠星河耿耿鵲歸巢空有牽牛藤上屋時危勢迫捐重扃欲表微忱上帝廷黃流一樹從君伐獨聽金爐爆竹聲

黃葉飄飄髮初落盤旋飛鳳今無角贈以蕭條百丈絲報之山海嗟猶薄晚尊一笑明朱霞烈雪嚴霜並作花可憐繡閣吟忘倦不見庭前鵲與鴉

既讀外舅一年所爲詩因發篋出 大人及兩弟及罕兒諸作偏與外舅觀之外舅愛鐘鎧詩至仿效其體爰詢

當世以外間所見詩派之異而喟然有感於斯文也疊韻見示當世謹次其韻略誌當時所云云

滔滔江漢古來幷判作支流勢亦平直到山深出泉處翻疑河伯望洋情泥鼉鼓吹喧家弄蠟鳳聲華滿帝城太息風塵姚惜抱駟虬乘鷖獨孤征

一家兄弟擅微長那管先盧復後王徒抱雅言解塵俗頓遭溫語失寒涼長饑老父貧如洗索飯嬌兒瘦欲尪安得華堂同對雪一時白戰讓公強

叔節行有日矣為吾來展十日期閒伯喜而為詩吾次其韻

吾歸雖祇一載餘裘葛怱怱兩寒燠黃鸝三請吾不來鶗鴂一鳴春已掃身為暑虐不得閒愁與秋來同浩浩北雁南飛始有音耳邊聽聆日以好令我至今猶在途君家兄弟奚不老酌酒欣然對雨風論詩各有千秋抱得失惟與蘇黃爭淵源或向杜李討冰雪圍鑪正可懷叔也言歸是可惱十日句留豈不多出門一步方知少吾與伯也獨羇孤那有心情鬥文藻髡為贅壻徒滑稽馬卿貲郎不足道眼中七子當為儔或至地北天南殿安得雲屯一處留日對江山盡百甌吾病雖然詩不遒猶能為爾消煩憂

為叔節題西山精舍圖

去年甥館東西間東對城西鳳隊山自春徂夏看不足歸去時時有夢還再來此室非吾有卻對牆頭悵恨久轉念茲土於我

何且復得之烏能守磊磊狼山新綠軒打門歸住無煩言龍眠挂車婦氏物猶許半子爲家園投身天地正多處徬徨歧路緣何故客氣已盡江湖悲少年望爾還山去爾去西山來侍親猶對新居懷舊鄰可知能作山川主不似尋常陌路人鐘鼎山林各天性吾惜青山已如命難得吾妻亦稱懷良知此事天所定此畫當年替此人冰心玉質相輝映爾今即去其如何爲我佳處留行爲明年春江鼓一櫂還及爾姊來經過爾時林下風流句應比安成道上多

余再來安福專務嬉戲不甚讀書外舅行野寄詩歸命和遂綴此篇

三更笑樂聽風雨鐙有雄光屋無鼠經年苦事成驩語奕奕朝暉在我東棣花潔白入面紅南方未臘先春風我先抱病如衰翁眼前嬉戲還如童藍田射獵誠多事何必爲人不下中

叔節將行爲余題大橋遺照悲吳仲懿之早亡重以逝者之可哀益覺生存之可寶疊并字韻以送之

一家美具復難并丱角諸兒又不平前世定爲驩喜約異鄉先飽別離情懸崖挂瀑山中屋孤塔梯雲海上城便各歸休仍絕域茫茫江路耐長征

江草江花布景長空明孰配水仙王當時吳季春風地贖有君山夜雨涼仲懿發名成業於江陰而叔節亦嘗所遊憩也生別未須眞墮淚讀書遮莫復成尪君歸自惜容顏看客子從容與鬥強

三疊前韻述懷示內子

𧐞躄餘生拙嬾并坐教鄉里笑陳平已無男子封侯意虛抱皇天不老情萍水交親三數輩雪泥蹤蹟十餘城欲耕一壠無誰乞車馬勞勞更遠征

怪怪奇奇并一長爲知螻蟻與侯王文犀白管霜毫秃銅雀千秋瓦硯涼獨患無身殉與竄可能將壽與扁尪不須玉手調丹鼎吾病由來餐飯强

外舅以初見雪花見示欣然命賦四疊前韻奉呈

寒雨連宵雪意并溼雲低結萬山平華堂白戰千年事原野靑同一歲情樽酒卷詩消壯節百錢斗米戀窮城官民一飽無他慮戶有簞車倚綏征

所學眞非百里長上窺屈宋下歐王命遭磨蝎才空老詩若簫

韶政豈涼被髮吳儂徒祭鬼失心懸子欲焚尪眼前一味蠶花粥會比當時肉食强

內子族姪姚篤生貧而有志余甚期之於其行也餞以酒又勖以詩五疊前韻

岷江下與漢淮并水激山高愈不平吳楚之閒猶是氣聖賢以下固多情團沙目復成膏壤累石應能作巨城太息吾衰今已久大荒日月儘西征

當筵樺燭與人長此樂何殊南面王對酒看余華髮改出門愁汝朔風涼窮如至死惟塡壑天不憐人莫暴尪畢竟詩書能飽腹少年須作萬夫强

外舅方約當世以明年留此而摯父先生以季相見招傳

電相告蒲仙諸子皆惜其不久處也六疊前韻倒押之

九月臨江報始征早梅花發在山城終年望望諸君意隔歲依依半子情流電驚飛傳好語華雲飄忽動生平勿言處士今貧潤祼壞龍章儻可并

徵文親接北方強弟子三千半曾尫一病容顏成老大百年身世忽淒涼雲龍有意遊天地風馬何心識霸王多恐若人蕭瑟久皤然一道賈生長

冬至席上感賦七疊前韻

茫茫歲月苦勞征懷璧何嘗易十城白髮著書空有願昏鐙讀史未忘情欷歔甲子朔冬至悵望西風右北平孰使汗青元氣少惟三不朽古難并

食粟曹交九尺強八年於外病成尫江湖到此中原盡冰玉相看一味涼徒以簫聲悅秦女更將瑟調事齊王丈人勿悵前宵夢碧海迢迢夢正長

叔節送其夫人徐還家治病以徐舊日送別之作授當世入三釜稿中蘊素次韻贈之余亦和之

璇閨往日弄機絲白社今朝見苦思誰似秦嘉戀雞肋不憐徐淑病歸時

外舅用到日饒字韻題大橋遺照感誦不已疊韻陳謝

丈人詩興百分饒椽筆還將細態描言下雙關兩端在眼前一恨十年遙生憐凡鳥棲凰闕長使牽牛望鵲橋三百六旬愁正縟淒涼故劍復何聊

十洲麟鳳妙材多蝶贏螟蛉世所訶琴鶴風期在塵表屋烏恩愛使人歌吳公亦有人倫鑒詹也徒登進士科他日寒家會相見定餘白髮奈君何

和外舅速仲寶遠館因而自道即附於外舅詩後以顧其行

入世諸多未了因靈龜筮我不能神披裘豈是澤中叟舉案難為廡下人誰把清風與來世更邀明月問前身眼前但作吹竽客牛鼎康莊躓易循

屬馮君小白為吾寫平生快事為八圖而作詩以道其意用饒字韻

酒狂誰似盍寬饒長劍襌衣祇自描作苦不知身世賤撥奇獨

恨古人遙結交頗盡東南美娶婦能兼大小橋離合死生今白髮憑君為我寫無聊

平生師友受恩多為狷為狂不我訶雨夜龍門消積渴晴秋燕市發悲歌逢時冠佩宜三老沒代馨香其四科獨歎南軒閒塵網丹青無奈未歸何

筱白為吾寫快事遞增至十二圖而總題曰去影興會既集疾痛復來不能更端長懷一氣成詠每以鐙前小睡薄有神思掇拾數言而成半稿或間數日乃為一篇良知此病不瘳難復興於著述而偶然遣興亦不求佳彙而錄之與全圖相副

黃泥山讀書

十二年前攜吾弟秋門入黃泥山之新綠軒讀書養病
寄食於僧家日供一蔬見山下有攜魚過者輒呼而指
以所從入或不聞而去者亦多

儒者稱名山山以儒名耳荒山與窮儒千載諒不毀早入名山
中其人可知矣狼山非不高名盛吾所恥藹藹新綠軒相望只
數里喧寂異仙凡金焦尚難擬南疆萬車馬西去無一趾山門
到者稀軒堂復誰履蘿石牽雜花迷離夾松梓秘絕通巖扉輾
轉達軒址而我於此間灑掃布牀几塞竇斷來蹤穿牆發遠視
春深地不寬世亂心長已惟珍病後軀自惜閒中晷蔬飯充饑
腸呼魚那可指追維是時樂真實亦無侈誰令襆被歸長作遠
遊子

狼山觀海

顧延卿之母邀吾母登狼山大橋從焉遂與之登大觀
臺觀海指顧蒼茫大橋隕涕哀惻之意不知所來而十
載夫妻猶以此爲極樂

狼山若金山丹碧迥飛甍孤高又不同非我必自大亂後繁華
空今此亦爲最亭亭大觀臺江海之所會少小習於斯手口俱
能繪惟獨閨中人長年鬱塵壒徒有千秋心無由得知外一日
登於天酣然淚滂霈微生天地間離羣復何賴此意深難言我
亦愁無奈焉知後五年君已如蟬蛻登高痛哭之風淚自瀰瀣
離魂不可招酹水吾何酹留影丹青間璘斌亦何害

龍門雨夜

題圖郎節哀祭劉先生文云龍門弟子孫點以書來告曰先生念子子不能來則先生就子矣於是當世以秋八月往先生窮日夜之力而與之言於其將行也而改定所謂親炙記言者七紙是時大風雨夜過半渴而思飲當世執燭先生挈茶具之竈下而火之飲而旨先生喟然而歎曰此樂豈易得乎吾老矣逾明年將寓食於汝所謂黄泥山者以鄰於汝以遂吾之志

遊子初辭家尋師卻至滬師說萬餘言先入以爲主後來饑困餘仙家乞鱗脯當時卻不然初若嬰啼乳乳脯味敢歧恩勤有獨苦風夜培成心千秋淚如雨

泛舟秦淮

張先生在鳳池書院每攜當世及其子導岷會叔泛舟秦淮光緒六七年之際也

一帶秦淮水千秋脂粉香鍾山草堂下自古聲名場姬傳昔駐此閣濬無華光淪沒百年後傑興得湘鄉揚舲載賓客宛轉聽吳娘當時煙月好山川有主張蹉跎僅十載不得同杯觴覲面成私淑沿流到武昌垂髫應鄉舉十度秋期忙繁聲與縟色到我皆頹唐惟以清遊會同歌弔渾茫余十七歲赴江南鄉試猶及見曾文正公復在及來師武昌距公歿僅十載耳

水心亭宴集

故鄉朋友之樂莫盛於光緒五六年間水心亭宴集蓋常事也大抵晨夕共者吾與馬勿庵顧晴谷王雲梅時

時至者顧延卿顧滌香裘奭及吾弟仲林二三至者周
彥升張季直朱曼君若樵秋則一至而已今勿庵樵秋
既殁而里中亦並無一人存者
朋儕似骨肉亦復如雲烟茲圖所列繪並在懽觴邊飄風攬其
伍散落烏能全逝者已弗念生存各潸然自古皆如此悲來不
足宣羣人之所聚能爲風氣先十夫閉門造百萬謀其傳青黃
不可紀一自胡爲焉覽代惜情好撫衷懷罪愆懸知百世後難
比古人賢滿地江淮海沈潛亦有年

蕪湖附舟

余館江夏樵秋館蕪湖出則俱出還則俱還每年如此
有一年未約而舟過蕪湖樵秋亦適來附舟十年之懽
此爲最
尋常萬懽笑一端何足言故交十數輩胡然獨不諼此人實可
憫此事真當存老年罷官職投憩無家園逢余以爲命徒步相
追奔相依不相活各復投朱門歲窮一歸併笑樂爲吾昆精誠
所牢結訢合常無痕規當永如此一日感偏反交滿亦爲累至
情多煩冤生死不能盡何由訢予魂

琴臺夜飲

此漢陽琴臺余在江夏時柯遜庵生日謝客邀余與蔡
燕生留此兩日夜對郎官湖縱飲弗張燈也
峨峨黃鶴樓江漢兩來趨龜山壁其右右有郎官湖湖窮得精
舍隄柳千萬株乃是琴臺蹟古賢所遺餘燹及柯與蔡晚尊坐

此娛風從牆外過月在湖心孤清寒鑑毛髮氣韻同肌膚吾行
天下半不肯復有徒蔡乃兄事我柯亦弟畜余逃麗謝入讀惟
此三人俱此宜若金石吾心更不渝如今各天地貴富或相踰
魂夢豈不到琴臺定有無

燕南並轡

余自冀州同摯父先生就廉卿先生於保定車中困頓捨之乘馬先生亦乘馬並轡相語不知曉寒

載馬真能健讀書方不備我生幼疲茶宛轉隨吳儂二十叢書
史發憤忘飧饔三年閉野館百病來相從從茲一放散日近市
人胸名聲羽毛長願力羈蹄縣茫茫冀州道騰踏遇真龍低結
若可並高情未許慵官中念師友車馬犯嚴冬私心情髒內對

面聊從容自笑強顏甚還來繪昔蹤誰能換筋骨白首與橫縱

冀州城樓

此同摯父登西城取涼而姚錫九張余南吹笛事也

平生耀眼處忽然承留情冀州吹笛夜曲盡以詩鳴當時雜韋
感過境懸孤清獨有人難得尋常只月明遙知今夜月仍在冀
州城人散歸村落絃歌餘幾聲

塔院養病

吾去年病甚矣坐此閒五六月殆如泥木人所患吾者雖弟及吾見不知也然至困而暫解則此時便最懼是以從宵達晨自午至莫亦時時有至樂存焉蓋昔人云病中增道力危處見天心誠有味乎其言之也而境地

濤絕晨鐘莫鼓之外無纖芥之來前此尤可暫而不可
常一入塵寰則回首此間亦愴然如新綠軒之不可再
得矣
吾繪十一圖十快一不驩驪盈變慾苦天道見其端至苦有驪
在君子誰能殘吾病非言狀言之亦苦繫惟茲老生諸常在胸
中盤人生夢幻處數反惟家門泡影久不滅亦惟親弟昆禪諳
所不徹餘生又可論誰知病中景能役夢鄉魂

癸成玩月

此圖即繪丈人醫中景

吾翁非常人平生與鳳麟咸同聖賢際了然皆所親以茲厚詩
力迴出千家屯一官如糞土百代歸其身生雖託名父德由自

苦辛小子所深願乃公父師倫天地忽遲莫山嶽餘孤脊相逢
各有慨語笑都成珍丈人非姚合摛亦殊李頻對面傷心處寧
闕紙上塵

航海北渡

此預設吾與蘊素航海北渡景也舟中所指之山即吾
與大橋隕涕之處魂魄有知見吾與蘊素之歸來悲乎
喜乎

東船何太勞山川莽迴亘山川無變更斯人自新故新人爛明
霞故人若宵露懸之山海間前後不相遇我身亦乘化那能自
堅固浮生迭造因逆筆偶成趣構會虛無中無人解斯慕魂魄
難可招吝華要深駐指謂吾妻云此是還家路吾往還當遊子

今託翁嫗莫學故人愁愁深不我顧周流良苦辛歸休自調護

閑伯送余至廬陵途中作贈

釃別經旬別始成掬刀弗斷更同行怕縈春草池塘夢何止桃花潭水情比德可悲元氣少澆愁獨使酒杯盈吁嗟前路終當反辛苦籃輿復兩程

舟中元宵疊韻再贈

兄弟連年有遠行茲番勞苦見君情春初暴煖衰爲累夜久深談夢不成路轉灘河山未改村明燒火月初盈驚心令節媿親日況我離家四十程

舟次廬陵閑伯兄妹將別泣不休余呼小妓作歌以亂之

又手書二絕促閑伯過舟

漏盡更殘無奈何更憑小妓唱離歌無端欲住傷心淚撥動哀絃淚更多

春水滔滔更不留離人半日泥行舟雞鳴月落吾當去拚對江山一月愁

南昌城外眺望同舟作示蘊素

往年三至滕王閣年年險雨舟中住今年發憤欲往遊泊舟衙尾難登路更棹小舟浮浪間周迴萬舸終無罅日莫烟深何所之僕夫皇恐舟人怒隔江似有三數家掠槳斜飛向西渡蘋沙著屐恰已輕野廟尋僧亦微趣回首卻望章門都明星爍爍然燈初崇臺似有行人趨黃昏望絕不可呼珠簾畫棟知有無文宗風流不到吾寸步有命今弗圖四上不至亦已夫還及吾子

尋懽娛

蒲仙送余至南昌去安福六七百里矣盛心戀戀莫可爲酬而病體懨懨不能成語天陰雨溼暫得意外之宵晨僕倦鐙昏但有無言之況味往時留別諸作病後大半遺忘別君二詩偶能記憶因而誦之便次一首懼煩勞神亦弗更作所謂聊復爾爾曷嘗有所云云哉

無端拾得扇頭詩往日山城怨別離會合一番今又了徘徊千里路還歧菩提般若應無住膚棣偏反賴有思解脫纏綿兩家在滕王閣下雨如絲

守風不行而船得泊岸蒲仙去之安福內人觸動悲懷余無以慰之乃攜之遊滕王閣各爲長歌一篇以取懽

我懸不至滕王閣子說曾登太白樓聞言使我渺愁絕何得當前懶卽休北風一夜送南客北客稍稍泊岸頭我今爲子毀前作子得不與我同遊江山城郭非異物且復登閣覽一周閣上金書作何語人人秋水長天句閣下諸公盡有聞不脫珠簾畫棟文可憐韓退之瀸語不成用分明作者才棄置無人誦詢吾雲君謂不然勃雖三尺已占先誰令退之更疏懶言語詼詭足不前空藉文字與人鬬雖設百彩烏能傳君詩莫須爲我毀君之故步眞當捐嗟哉爾言豈不賢吾今從諫如轉圜但當與爾徧攬名蹟題山川往至太白樓下一醉沈千年

吳城訪王柳橋司馬不值記其榜門語而歸乃湊合爲詩以相贈

吳城纜舶尋詩老聞說經年見未曾四面湖山人在市萬家鐙火吏如冰西無鳴鳥饑誰哺南有老蛟寒可罾太息幽州賤從事更當臨路惜崔丞

浙西徐氏校刻

范伯子詩集卷第六

范伯子詩集卷第七

通州范當世无錯

光緒十七年辛卯二月至天津至十九年癸巳六月作

舉足一首

舉足能歸歸不得惱人天氣復晨昏日光晝輙來穿戶風力宵沈自打門家弄近知黃菊好墳鄉空憶短籬存不如海凍江河涸雪地冰天得自溫

閎極爲詩奇變君旅順兼示晦若

泛覽軒窗復幾何北風塵土日經過未能低首三條燭輸卻澄江一棹歌幕府青山徒悵望故人朱紱亦蹉跎誰能撥動乘槎興迴合滄溟萬里波

送燕生視學甘肅

世滿荒唐釁身留赤子心吾文君孝悌萬古一苔岑江漢深流涕琴臺闊賞音傷哉獨關隴老病日侵尋

邱方平心坦神交十年顧近在大沽而吾不知及其以書來索詩又屢月而後應之仍用其集中見懷韻也

百里方平爾許疏十年神到定何如雄軀潦倒應辭馬病腹彭亨不嗜魚歷盡酸鹹猶有累除非貧殖更無書洋洋碧海空於鏡爲不提竿手自漁

梔子花

碧葉銜葩孰淺深入天渾合到如今一從白地臙枝出日對書天倚樹吟光景誰能駐窗隙吾身眞合老牆陰朱欄火炙衣塵

滿惜此淵淵抱凍心

伯行不喜烘開牡丹爲詩道其意依韻和之

伯行才氣不可當一蹴已上歐蘇堂頡頏古人豈在貌肺腑淨潔心肝芳不爲人情復顛倒要與一世守大常愛惜廉隅到花卉慟其早被園丁殃思量纏培待時至聽任造物施丹黃北方天地君知否滿眼沙漠蒙曦光一年三時在冰窖悠悠后土無春藏老蟠孤根向龍蟄那有驚雷來發揚園丁似比宋人智突出異卉如人長一苞一金豈爲貴陸生何不傾歸囊我悲寓園太蕭瑟每欲醉倒依公傍豈知金碧樓臺下也有寒人抱雪霜

吳彥復武壯之子也余兩度客武壯所未嘗受其一錢而未始不互相重彥復以此仍世交余彼困於京曹而過

此南歸又不得已而來此終無所得迫於歲莫特索吾詩以行走筆奉送

海寒不似江南地嗟爾何因去復來環海九州疑有路平津東閣豈無才翻思乃父三千客我欲娛君五百杯桃李無言花落盡茫茫風雪一興哀

先立秋一日同摯父先生舍弟仲林登寓園臺玩月同賦明日舍弟行矣

明星三兩月華傍北斗迢遙是帝鄉一地晴輝何皎皎九天正色自蒼蒼奇雲忽擁連峰至清露稍將大火亡所惜愁期在明日南飛饑鴈欲成行

天津節署有小園登樓晚眺寄仲林武昌秋門京師

一爐香篆不禁焚起上高樓又夕曛綴樹紅榴猶似火飛空黃葉已如雲從看北斗看南斗合憶辰君憶酉君愁見鶴欄高出地不如鵝鴨下爲羣

賀新吾子娶

長至後三日中朝第一家門闌多喜氣京華動聲華欲借天孫錦重開仙李花遙知南極老植杖興無涯

乃父眞吾友淵源夢范居科名晚垂代佳氣早充閭看汝烟樓撞還將湯餅儲秋期桂林一應在試啼初

三月二十六日言謇博優行拔士相見禮以詩造余寓廬明日遂招之飲而詩未報也閱再旬復以其所爲詶周曉芙詩波及於我而督和會姚丈人來與其爲人乃招之飲而同和之

莽莽風沙溷此身眼明雲水得斯人今無古有士相見花好日長天莫春畫餅聲名聊啗俗傾河意氣對披眞艤舟正好吾同發別一仙源許問津

白頭歲月費蹉跎悔盡平生羽獵詩生晚有天皆可問處卑無地竟何危周郎年少虛憂世姚合老人能詠詩餞盡流光足珍惜庭階花影日南移

余既招謇博同姚丈人飲而客以丈人新到候者眾室不能容乃相其可遂者而遂謇博以去客散乃各爲二詩詒之謇博亦不望也而郎夕詶還四詩其意益深遠而余所欲言者亦益多再次其韻

清尊微雨息勞歌一老蒼顏爲子酡宦橐眼看孤劍在寓廬剛
祇半弓多塡門輿馬公無溷絕代宮商手自和燕去雁來渾聽
慣摩空唳鶴數聲過
絃歌世業本無倫憂樂區區未足珍駿骨千金龍馬市微生一
髮蠹魚身吁嗟但覆杯中酒骯髒能看紙上塵安得傾翻六經
液化爲草木萬家春
百年學子數門風左海淵淵北斗崇覆瓿文章一家在倪舅心
性爲人公君無議此國冠上我欲忘之代伍中杯酒細論眞樂
事入問回首有西東
埋塵匣劍老無華不道干將況莫邪寂寂生涯猶賃廡茫茫吾
道欲乘槎康衢角起三騶子傒所爭爲四皓家披草微吟亦何
礙莫將新句淺籠紗

浙西徐氏校刻

叔節寄詩言愁蘊素設兩端以慰之吾則率吾之臆而已
甘苦實不相喩不必謬附知已亦錄相視以當反騷何
妨
貧賤吾眞可離家亦不難秋風一長往霜雪萬重寒聖遠言猶
信時衰儈亦官古來鴻案下生死得偷安
果腹論饑飽吾生竟不難狼求終不已貂襲亦生寒豈況羈孤
士無望措大官茫然眞自慰百鳥未棲安
屬畫工畫一少年侍老人團扇題一絕以贈賀丈蘇生松
坡之父也
行歌燕市不能狂四十由來鬢已霜只與吳兒漸殊好每從貴

髮一徜徉

過姚大令錫九天津市上即夕招余飲贈余詩已而在靑縣道中又連篇來促和次二首答之

莫道鵷鸞不可囚悲來王粲只登樓一番離合情如昨四十飛騰鬢已秋淨海妻孥閒處著望雲親舍夢中遊因風正憶絃歌宰官況年來勝我不

羅得飛鳧入市迎當筵更試割雞箏長年製錦成何用一賦陵雲始有情結蜃樓臺塵霧滿啼鵑桑柘響天濤詩來發愧蓮花底不及春潮野渡聲

章定盦循吏也外舅安福君亦有長者之政招之同飲而談民事其有味可知而定盦乃好談命所以歆動我者

前後數十百言明日復爲外舅兩少子評騭英異而走書自炫立索好詩爲酬外舅爲四絕贈之余因和之

冰玉相看一味涼更從廉吏酌寒漿分明乞與黃粱枕一夢酣然到上方

地北天南各有行對觴甘苦語平平可知當日南陽守只是八間父母情

買牛買犢耕田好府雀亭豬未算能獨有此公爲漢相可知宦海不飛騰

風流豈學畫眉張憂樂平生亦渺茫莫向君平問消息故山老我有藤牀

外舅用山谷松扇韻題詩刻諸竹扇上以與當世敬和二

首

誰歟削竹薄如紙入手沈沈片玉似丈人惜此鴛湖珍割捨清涼與半子雕刻冷句加送寒何如右軍在蕺山五字清新百錢買一風遼絕千年間

日炙窗紗雨淋紙八簇其間蝟毛似萬蠅結隊復來乘靜勝能爲姑射子江南六月夏生寒大竹捎雲蔭滿山削伐餘姿亦何賴碧琅自照鬢眉間

疊韻述懷示縕素

日在朱門鑽故紙童牛角馬知何似王陽豈有黃金鑪閉戶眞能對妻子西風八月天將寒桂樹飄香徧萬山我亦好生而惡殺處夫材與不材間

送外舅入綏鞏支應局仍用前韻

相庭夜下一尺紙饑入如得赦書似十年兩度專城居可見身非小家子麟徂鳳逝天日寒烈風吹倒天南山寧知鳥雀殘燕裏乃有高人黃綺間

徐丈椒岑示以所著黑龍江紀略感題一首即送之東邊

一壑艱難未可專荒唐老去更籌邊平生掉鼻爲公詠昨日開懷讀此編孰使管寧去遼海更無貧子在朝鮮蠻夷白髮君難造莫復登樓望土田

天津問津書院舊塢先生主講於此者八年外舅重遊其地感欲爲詩乃約當世同用山谷武昌松風閣韻

有文支拄山與川恍入有脊屋有椽我立此語非徒然眼下現

有三千年遠矣周孔隔地天手語目聽交鳴絃五德替代如奔泉掃去祿祿留聖賢此事擔當在几筵耿耿一髮天宇懸丈人家世留青氈文字碧水流潺湲從來不與時媚妍亶塲先生此粥饘百年喬木參風烟公來再飲廬山泉龍堂蛟室來眼前吾今只可爛漫眠夢裏不須詩繞纏醒亦毋為世教攣眼見地塲天回旋

摯父先生來書勸鄉試欲以詩答會連日用山谷韻乃復效其次韻鼂補之廖正一連綴二篇因示叔節

愛惜君心畏君口慣能移譸誚箕斗君口嘵嘵不可關吾心嶢嶢亦不還豈有當年伐柯斧舞我更遣青雲間君道吾文百年上但可厭心受君賞自古人微各有情平生不願識都城男兒尚能棄卿相況我祿祿非辭榮年增白髮舉塲裏性命區區亦人子豈不將心比父心此但多憂少見喜君不見世上迂生得飽難有鋏無門何處彈相公厚我亦已足更用舉手將天攀不必昏人簇迷網正當開眼望湖山

吾今欲閉談天口亦莫虛空打筋斗四十真當生死關要從人海收身還已讀南華亦奚悔可以容身雁木間范子何為書十上屠龍有技無人賞此是吳公嘆喟聲乃有息壤燕南城平生知心百不闕何獨一第為吾榮吾命窮薄堪一士蓬蒿子耶薜蘿子老與郊島相娛嬉此在風塵猶可喜君不見賦有膏腴保命難龔生至死為人彈何哉吾黨二三子猶欲捨命窮躋攀寄語東堂讀書者看取玉貌還青山

疊韻再示蘊素

相與蚩蚩皆爲口多至萬鍾少一斗一飽以外皆可删三時卻
有饑腸還正及飽時役筋力不得塡軀濟壑間吾觀鶯鶯九衢
上總緣歸博妻孥賞人生一世豈無情但當畫界守堅城隨地
已分天一尺涉及分外皆非榮天津一角池臺裏明月梅花有
妻子得錢歸博親堂懽饌有嘉魚婦翁嘗君不見昔病家園寸
步難手枕琴徽無力弭瞻落空階秋葉響返臥藤榻天難攀豈
意飛揚有今日頗覺拙分主青山

喜松坡來再次一首

誑汝三年不去口相逢那不五六斗自頃聞君不得閒偷入都
門背道還不知鶯鶯作何事見說殺人都市間又見秋曹講堂

上赤文綠字恣深賞一夕人影發前檻乃是扁舟來故城開口
侈陳老父樂斑衣絢爛眞華榮我有畫扇君見否貌一蒼顏襯
童子偷事老蘇坡不知追陪十日尤可喜君不見世上英髦老
郎頑愔愔古調知誰彈惟獨而翁及吾父與乎高蹈不可攀何
不與爾從此永離散各自糴米買書歸故山

太息一首再次韻

我聞庶女沈冤不容口乃有呼聲搖天撼星斗何哉章縫讀書
美少年哀鳴失志一往不可還始知人生肺腑異我乃醉夢三
年間思之思之吾不廣奚以吾言必可賞事非至愚不可成杞
哭七日崩莒城李斯不羞廁中鼠那得身受秦家榮誰家張冠
移贈李前日山呼拜天子城南故人交致辭鄉閭親舊動色喜

君不見長安令日月章臺醉不還驄馬御史不敢彈只用黃金作階級朱門廉陛非難攀看汝康衢老師老爲客一日見逐饑甕無歸山

連與松坡謇博飲酒樓談吾師之道致足樂也而周曉芙招不至謇博和吾各詩則尤美吾乃再次一首以訓謇博而通曉芙

昔我提心常在口山有泰山天北斗匪我大言驚愚頑也自朝山拜斗還烟迷霧淒斗山失公然自我沙塵闇言子執禮非所望獨有奇文吾知賞十年不見溫州生高人偃蹇不出城謂我如今似黃九睊眙不受私自榮城外酒家大魚美桌午無人二三子軒邃隔雲窗戶添飛蓋逍遙半日喜君不見南皮瓜李生

浙西徐氏校刻

悲酸五官哀絃獨自彈文人會合古今惜曷況吾道須人攀吾言不爲二子改天有北斗山泰山

二十三日郎事再次一首蓋效山谷七篇終矣夜大雷雨至折龍王廟前旗杆斗而朝乃放晴謇博昨期日中酒樓未告罷也往則寂無人就近招松坡謝之乃知天陰酒爐不開改爲設饌歌者家謇博妄以師弟子云云屬松坡轉道方爲書未達耳

雷公半夜張饞口攫我當門二酒斗轟然一醉天河翻驅走風雲更不還我往從之點滴盡祇令陷我汚泥間故人招我酒樓上酒薄情濃亦堪賞豈意入戶無人迎枉令渴趨頻梨城雞鵠未化各在籠庚桑何處呼南榮空腸自鳴日斜矣吾爲此饕望言子四明狂客懷書來說與充饑又可喜君不見畫樓深處藏烟鬟料理朱絃爲子彈晚尊一笑子無詩繂帳淸風聊可攀不

用君身作霖雨阿誰指曰謝東山

香海之子錦孫入都鄉試而過我初不謂其能詩也一夕乃發興用前韻疊五篇意氣都好余雖興盡亦不得不訓乃再次一首以送其行

昔有詩人九江口大句微吟動珠斗爾來日月何飄然好事一墮無回還不道天邊鳳雛落忽復御我匡廬間子有瑰文滿吾望吾言深處子能賞寓樓西畔大道横日有輿騾走帝城酣歌未終起言別收拾至寶徂求榮嗟爾憐奇萬人底何日九霄見天子且令受璧不與城空手歸來又彩毫君不見如今告身換酒難謀生無術冠虛彈手皴足疲抵霄漢反望下土重登攀只有乃翁弗顧倒看鴻老坐匡家山

錫九在保定得余詩欣然更作並告我以不日道天津署靑縣當助汪貞女白金四十而盛誇近日以宦術傳授叔節慫恿更和其詩而亦將有以授余也余覽書竟即笑疊二首以待之

何人放此老詩囚慣醉能呼摵我樓道好原爲一官助吟成喜遇萬家秋四方上下遂東野百里東西對上游我獨笑公忙不得還思俗吏老儒不

覆酒龍雞待笑迎揣摩興發更彈箏最憐上座簪裾客不忘窮鄉孤寡情宦術豈將吾道濟人才終數故家清三郎拜倒門牆日恨不聞吾屢歎聲

薄薄酒二章廣蘇黃之意

薄薄酒興可退醜醜婦年可賒我有好婦顏如花我獨對之肝
膽無由邪我今日飲丞相家金樽瀲灩泛紫霞我亦與之澹澹
爲無涯出飲美酒歸對美婦世上知我爲誰與我亦不識汝誰
泉
薄酒可以養生醜婦不能怡情我有好婦知天心當風對月同
衎襟我飲醇酒志不淫何處薄醪不可斟斟薄酒對好婦此樂
非人乃天授婦不必太醜酒不必太厚甘貧樂賤千萬壽我自
爲之[illegible]何有

嘗博訓余贈荔支倒押子瞻南村諸楊一首韻余仍依原
詩韻次答和並餉以茶

三日不聞提壺盧便愁吾友詩腸枯海航荔枝一夕到迺命短
僕提籃驅午風亭樹汗漬襦此物著口涼生膚醍醐灌汝足眞
悅勿復暖暖還姝姝東南口腹天下無嗟爾墮落東北隅槎枒
大餅賓腸胃鹽酪不美茶芽麤道人有道服食異雙龍煮湯生
吞珠爲汝頳虬亦易盡再割雲腳分精腴莫嗤座上左元放還
能立致松江鱸傾筐倒篋吾何吝相可而授君其圖

外舅賜和薄薄酒二章意韻深美讀至俛視兒女仰對高
堂不笑而樂地久天長八句感德我之無涯歎淸辭之
益上有懷不已欲和難工會與謇博用荔支唱訓錄稿
當呈卽依此韻陳謝

闕東門戶爭崔盧冠冕亦自榮與枯惟獨儒門世淸德難可貽
買權利驅功名富貴衣繡襦妻有美惡眞切膚甲第紛紛長荆

棘誰家屋裏無姸姝狠山一塔公見無寒家即在山城隅老瓦
千間百年物六房一婢身手麤蒿埋僻巷黯相對何處得公明
月珠老稚逢人告有喜彷彿平地生膏腴不才俛仰亦已足逝
將歸釣東溪鱸可憐欲報何由報勉畫朱陳嫁娶圖

摯父先生以李伯夫人歸櫬問應來會否就吾決行止走
筆答詩二十二韻並以手寫近詩往屬其來路評也

鄉人問吏胥吾須到官否檀越問比邱佛會吾行止茲皆愚者
徒欲行即行耳不問猶見招問有放手理天津寓廬旁擾擾已
成市百喧有一寂拂拭待公趾畿南大霖雨水深沒車軌放舟
可徜徉藏筆亦能使我有一卷詩手寫十七紙烏文在繡欄公
來下冊葉到日一嬉驩勝遺百端綺愼毋廣諮諏坐令生彼此

四十五十八住世兩三紀誰能老不歸分半在客裏再分客中
半歲時得相倚算來無十遭更忍吝行李不見濂亭翁釋手亦
已弛闕塋葬空闊誰能問生死皤皤吾婦翁前日望子矣有瓜
有南負命女畜以俟相公願人勤報告無不喜還辭到公前但
有一聲唯

風雨靜夜爲寶博評詩喜其間有發端之句曰燭燭青燈
夜漸涼旁搜遠紹緒茫茫而嗣聯不愜吾意思有以易
之既得六句乃不復能爲其所有且轉而相貽即以爲
還詩之贈

燭燭青燈夜漸涼旁搜遠紹緒茫茫夔奴莫問明朝米詩婦來
窺萬古藏世上膏腴誰得失眼中人代有興亡淵哉若其楊雄

老再與侯芭醉萬場

吾有所不然於仲實欲作書而止者屢矣比得其書乃知其用大人之一言翻然改慮喜而和其春日見贈詩以道吾快且以吾之情不鄉試告焉

正欲通辭託素波其如對面九疑何寧知一日天懷轉始信三生福慧多合配水仙遲薦菊不羞山鬼老披蘿錦衣貼月還多事只許秋來散髮歌

仲實書中尤推美馬月樵阮仲勉以爲吾獨賴此兩君談道往還襟抱不俗耳惟當世亦夙欽此兩人而未之見乃疊韻一首貲仲實以求通

廢井無由更起波寧知江海浪如何城南尚有同心在世上原

來醒眼多皓月千秋公竹素高雲十丈倚松蘿如今馬阮成芳姓絕歎滄浪孺子歌

送詩扇與賽博答兩事戲代柬

舍弟莫知在楚吳飛書馳檄嗟無途四書擬題君自圖弗至丈我平都都扇有兩面剛畢塗字即瓦礫詩璣珠賚我短僮一百蚨後夜三更利走驅

范伯子詩集卷第七

范伯子詩集卷第八

通州范當世无錯

光緒十九年癸巳六月至十二月作

饕博用山谷送范慶州韻謝余評其詩因自陳其夙好義山爲之已久不能驟改願以吾說劑之而盛畏古文之難曰形迹易求神明難測余既面與之諍又次其詩韻余意亦盛含其辭以爲戲也

世說小范十萬兵不能戰勝徒其名空提兩拳向四壁推排日月驅風霆帳中突兀建吾子忽復自顧大莫京豈無羽翼在天地遠莫能致孤難行語子瑰文猛如虎伏而不出如處女浩如積水千倍餘千一之放流成渠天儷化人妙肌理墮馬啼妝白不須莫學世間小丈夫容光滑膩心神枯少壯眞當識塗徑看余牛老已垂胡

從饕博借得李蓴客侍御詩集卽夕讀其七古二十餘篇不容不服恨無由見之觀其自序稱後世誰能定吾文者吾自定云爾則又慨乎莫能禁也獨夜無聊疊兵字韻題其耑以示饕博

東南一老更戎兵四十五十瘡得名名在世間若遥憶詩到吾耳纔轟霆惜哉有言駟不及平生不願識帝京何從衆中拔此老籃輿捧向西山行山中之人氣如虎帝旁魁梧多好女憸憧一世眞有餘萬歲千秋不愛渠千秋萬歲渺茫事問渠政亦不汝須我生之年君壯大君衰我亦形容枯至寶原來還自定看

浙西徐氏校刻

入掩口笑壺胡
寓廬臨河水暴漲沒階尺許而通永道張丈筱泉自大沽
莊工次來告以身自臨築河隄阨於風雨悲憫成詩讀
之長動人走筆奉和
朝於枕上聽濤生若有鷗鳧泛嫩晴起看嬰奴成水手暫疑汴
室是蓬瀛過門勞苦單車入到眼憂虞一道横内自宣南外畿
輔幾人歌哭望秋成
章平相業再扶天金許聲華四姓連進士十科兼老輩退閒一
日總無錢雲霞輦轂朝飛鞚風雨河隄夜聳肩獨有精誠篤無
閡任他滄海亦桑田
伯行南去別恨方長深談不覊悵然成詩就番舶假硯箋
書付其僕

浙西徐氏校刊

客如垣積僕如川欲語丁寧百不宣列國戰爭方始耳信陵忠
孝獨天然五千道德規當厲八百孤寒分最先三復樓頭地天
語應將別淚灑江船
俞恪士攜兩從弟及吾弟仲林書以來喜可知也而天津
方大水又酷熱往還俱不易讀其近作鴨欄磯一首感
而和之
跨海越江成此聚附書悲笑更茫茫門才各有三君在生計都
令百畝荒字裏鯤鵬翻積水眼中魚鼈擁驕陽迂生託飽眞毋
羨虛占成都幾樹桑
摯父先生以余所寄十七紙詩示叔節中多謿笑其求官

者叔固憂悲老親而作討恨余言之不見其心也次口
字韻問余余再疊和
正好從容鬬詩口鬬不勝者罰以斗子意學官如學仙插腳紅
塵舉翼還豈知多少青雲士亘古陸沈黃綬間人生第一飢須
饜次即微言要人賞知汝活汝艮有情安得贈汝萬戶城金昆
玉友不在勢傷哉不得爲親榮我亦與君同志耳可奈權操富
人手債臺亦須王赧爲薛有孟嘗君勿言君不見蓮池客樹萬
鴉攢聒耳通宵不畏彈官廨垂楊低入欄病鶴終年未許攀物
有生成我何望萬年長悔不畊山

魯山青

朝從府者誰何歟都督門前舍人子莫使西者爲誰哉二載前

頭髮皆瞞就中名士君知誰驚倒孫郎帳下兒江東小兒望塵
拜風流儒雅眞吾師我獨低佪五三代世官世祿眞無貸贅子
定以皇英升孔徒只許私恩逮秦皇多端人始狂天地淪爲百
戲場隋皇玩弄八不莊青天白日爭迷藏迷藏亦有命星官曆
翁來主張亦要而翁積陰騭大帝用此爲賞黜惜哉孔父世稱
明德譽顏回感自中台星不得來茲一飛動百年飢向魯山青

以館中分餉之蟠桃轉餉外舅外舅以詩酬走筆奉和

三年次第嘗新果棄核仍看載滿車販豎入金高似斗海人知
木大如魚擬髯一笑榮枯事坦腹眞成醉飽餘莫信甘香非盜
賸台星今傍歲星居

外舅爲帆字二十四韻付當世轉呈大人以謝來時之末

能赴約而索和焉當世謹先和以呈

人生各行地浩如觀海帆大者若鵬翼細若兩指摻細大亦已辨遠近誰能監擾頭向白日皆有雪髮髭用鹿皮裹貫者冠岑豈問君胡不貴命有牢自緘投軀戰洶湧收身寄空嵌竇中忽無寶獨向天虛劍平心第諸品難言使君凡我君亦定性終身機碧巉巖裾絕門徑懷賢動至誠惜乎公不往迎公必腰鐃哦詩送日月讀書惟意秋前日公渡海隨波有來函恨鶯啼不到嵗譜語詁誦烹魚擊肥豕但厭諸孫饞我讀兩翁作悲如馬驟銜轡風在何許海雨盈天鹹山居日抱甕秋花不滿叢悠悠幾千里坐失當前楲猢能二斗醉喜見親有嚴平生淚圖遠差着從事彩學知白不異蕭薙齊鈞衫一數當年耳誰能更畏讒

浙西徐氏校刻

窮十宵之力讀竟義山詩用外舅偶成韻

手攬晴空百萬絲化爲霞綺趁波斯風輕霧轉鶯花笑海大山深日月知書劍從軍古如此衣冠來夢子爲誰從頭看汝成黃髮浩劫茫茫又幾移

疊韻寄外舅

酒來不敢公然酌更恨南鄰無斛斯長句空如李白好流年只許范丹知（外舅以歲朝戲占流年得句云范丹炊爨下行藏北來嘗以爲笑）瞢騰一餉眞無礙瞑合千秋定有誰直去英靈走塵俗雲林未必再三移

六月十一日外舅以寫懷六首示讀謹依韻次上卽以自壽其四十而寄示蓮兒俾轉呈大人一笑云

四十又徂半分年恰到中吾生能幾日大概欲終窮蒲蜡昏燈

兒替蠅曉□江淒迷向弧且鞴瑟酒尊空
春多豈吾□地得秋心散此一啼恨歧爲萬竅音貧無問仙
鼎病莫憶神鍼一世儒冠下神仙何處尋
情得亭臺兩浮家此暫停淫霖背汜濫蘋景夏飄零何處百枝
火流爲萬點星扶攜一登望冥想忽親庭
押心亦何事舉足萬無問江海十年客親庭百歲問南溟書不
到西極淚同灣一飯西南北眞成不閉關
相婦聊娛崎依人其訴心地天原各大河海欲同深世老無歧
路宦多有笑林舉頭望不極鵬没夕陽沈
餘舅實當買皇慈定可希月來欲枕好霞起眺樓宜遞夢還江
國投詩付海湄佛前夜稽首勞我委師兒

外舅附詩與罕況兩兒亦依其韻相示
自古八高賢始道至今顏氏有簞瓢魁儒定作蠅前驥豎子方
爭狗尾貂不醉不醒燈半餤如天如帝燭三條乃翁積此光明
刃□地成江去弄潮

上

外舅與吾唱和一日至十餘首之多揮汗不已內人方諫
之而苦熱題壁又來矣走筆和視內
我是盤中揀餘豆翁如積下最初薪然薪煮豆豆應笑令竈一
烘誰愛瞋
勸進吉當用火爐休將渴䣓笑狂夫指天畫地幽囚裏急似中
身受命符

和外舅癡才

癡才不入公卿眼遽爾全癡也不賢誰是夢中誰是覺有時阿堵有時錢生憎稱稱入間世不見飛飛鶴上仙孤負滿腸風露意黏毫著紙未能捐

朝來病耳聾疊韻視妻女

相如不與公卿事卓氏無財也自賢我有君臣聊配藥卿留子母莫塗錢兩餐稱稱生無補一枕酣酣夢已仙且喜五官朝廢一十分須惱二分捐

吉日二十七句贈聾者

吉日初度吾稱翁睡起兩耳減昨聾妻孥喜驩媚吾聰青銅一買[illegible]聾蒙蕭然病榻簾櫳聾來命坐階當中三絃亦應徵與宮調出燕趙男兒風或彈兩雌爭一雄細者瑣碎如秋蟲大亦彷彿江流東我對此兒悲來衷與之一飯飫饜饜喜我能聽悲汝賞匪汝賞悲悲其窮汝聾吾得用汝工資汝飯汝將汝崇我似此者爲聾蟲眼見不得求童蒙地有百陷天則夢病態變幻未有終闔門老小懸諸空以此對汝憂心沖那能似汝扶短童得錢歸飽妻子同但解揮絃不送鴻荆天棘地懽幪幪

七月七日感靈鵲

天上無橋搆靈鵲空中啼飛飛亦何事來啄屋上泥屋上有黃鵠失路何淒淒鵲向主人道借巢烏林西主人初不懌鵲語眞媞媞言語縱爾巧顏色固已低良知鵶不惡聒耳遭訶詆明年多大風自向低枝棲低棲那弗智徒侶相招攜咄彼守雌者還爲天下谿

剖瓜記事

秋高氣始湯剖瓜不在堂上有天蒼蒼照此瓜心黃瓜身一天地青皮裏黃（瓜熟）中有如許子濁亂黃中央萬黑四三白一白肥而長妻孥指笑語此殆瓜中王嗟嗟汝弗見瓠子用斗量諒此渺小物天豈有意耆見異把不釋適肖愚夫腸呼奴速進帚掃置糞壤傍

夢中連夕爲詩醒疾留數句睡起而仍失之是晚對月睡在堂夢得兩聯則立起續成方知夢中與開眼所爲仙凡迥別

眼中俗物未全空一夢離奇始不同璧月愁爲鴉點黑金天喜有鴈來紅九霄盃影成孤酌萬里琴聲有一宮卻下風窗養燈穗照人和寐聽秋蟲

浙西徐氏校刻

有餽我香爐者五人不期而至此一奇也戲題一首

香爐五老太離奇各自飛來正一時難怪昨宵天送喜照人燈穗忽雙歧

相公後園鶴時時悲鳴爲詩問慰之

吾亦平平過胡然爾獨悲門深風豈入口在料寧遲天地只如此人禽渺不知寒山萬里鳳無術更從之

相汝猶能壽遼天事恐難直須鷹擊罷更待鳳棲安我有空山榻前臨大海欄懷歸詎爲妄頭白興將闌

七月十八日晨與叔節搴簾以入喜可知也疊夢中詩韻

夢回秋到爽來坐一笑搴簾子又同今夜月華還喜白昨宵燈

詼怪來紅海枯石爛平生志地大天荒五畝宮骨肉親賢文字美世間閒殺萬雞蟲

叔節謂我旣知道伯深而念之如此其摯也曷不爲詩以問之用前韻二首

眼有君才未得空五年踪蹟恨難同近知兩鬢雪霜白新得鬢花蕊紅皓月千秋還照汝黃鍾百變詎離宮最憐拜蒼虛鵬翻錯被蒙莊喚二蟲

吾欲從君蹈碧空驂鸞駕鶴一時同風頭楊柳知誰綠雪裏梅花不自紅土有惡爲長鋏客身還怕近廣寒宮人間獨許悲秋耳地北天南有候蟲

吾欲日課一詩四疊前韻以速內子

翻水文成脫手空風光來與海河同要將短髮絲絲白付與林花歲歲紅本以無魚寄人舍不曾有蠏坐吾宮商聲各自重天地那更興亡到砌蟲

贈叔節

莊生記載無不有仲尼拜倒履綦下跖屐兩足如大山尼命輕微若飄瓦以此發憤歸著書頗以聖情自陶寫面訣背毀渠已知鼓舌搖脣未能啞生成聖盜同一閭再際應防血流踝

近來湖湘間名士盛傳吾弟仲林廬山詩中有落日一去無人傳之句以爲蒼茫雄特而以吾弟秋門甘肅詩中天下寒看逐望齊一語配之此外則盛稱吾婦啼鳥一絕及其碧天雲淨雪初消又見風吹葉之詞句而吾詩

則依然寂寞無人道者壇坫之可畏如此余乃戲爲折
補此數作以爲已有旣以自娛亦自笑云
天邊落日與誰傳天下寒多一望全兩弟雖拋萬里外七音都
上古人前雪天晴到風吹葉啼鳥驚同夢花烟不怖小鄖徒阿
嫂天吳紫鳳我堪憐

和叔節次韻陳后山秋懷十首

迢迢君子心雞鳴在風雨曾參不殺人受感投其杼杯樽一以
醉萬事何足數發興靑林間風雲鬱高怒
年大亦爲蔽汝寧知吾荒嬉娛雜人事日月從奔忙學亦如遊
子終年不反鄉欺心那可得祕之但無忘
儒家舍伊尹萬古無人耕不信泥塗辱堪爲文字樂園東數十

步連隴蒼烟深俯仰一身在依然名利心
潭潭大府居榆桂分數院貴賤三五人各自把書卷讀書尙有
心問我亦何願我乃稍自讐與世固無怨
仕宦如相公始能不爲祿故鄉未得歸亦自懷松菊朝來訪海
人險怪不可觸身將安所逃幸不爲魚肉
鯫生亦何事忽在烏鱺方胡兒挾彈過笑我儒衣裳歸來對妻
子歎息須眉黃塵沙日裏面頭上亦已霜
文統萬萬年欺人弗可道一炬盡灰之方知孔顏槁及我猶徘
徊頭白歸於掃公等美少年胡然自顚倒
人逐陰陽生萬事苦樂半迄無十分娛吾寧忽焉換亦有老成
人悽悽約同伴依依復幾何芳草可同玩

冀州亦何事棄官老不歸甘心鬱奇藻短章亦懶爲言懷張夫子襄陽習家池寧知餓而徙如今知貧誰我思渡頭翁宜爲眼中仙百錢坐而得更賣南溪蓮往反日三四憐我屢又穿江湖白莽莽扁舟豈無緣

髮冷和外舅寂寥

一夕驚飆動重棉已著牢清秋胡太短寒日又能高此地容生司入問謫我曹融融衆香國徒以益吾騷

重陽先二日錫翁以詩問余及外舅走筆奉答遂約外舅登高

眼前常候月東來一月昏眸復幾開病儘磨人當廢硯醉將何用且焚書高衙竹樹窗三面小館池臺水一隈安得大山三百里吞空負雪見嵬嵬

畏人慳擾書來皖北諸姚信有才蘭佩結言君可贈荷衣稱體婦能裁異鄉情話眞無厭際海風埃老不開玉婿冰翁可傷悼大高地迥一登臺

摯父先生之令郎辟疆髫歲耳以詩文問學於余絕可喜又讀蓮池諸生言其於尊父之論西學每著大疑於心此尤爲非凡而莫有能正之者余其可不言乎用兼斯意次韻一篇以賞其奇而補其見之所不逮

萬物蠢蠢人有章茂自教化根陰陽四裔徬徨得技巧刻畫仁義中人長鳴鳥千年若銜尾奇氣著體交和倡力能海飛不動色浩歌自亂天聊浪懷奇抱鬱爾翁最儒有目者齊相望埋沈

一州早自拔合澤不露文斯昌嗟汝寧知徑寸稿眞於磊塊分豪芒逢時拓奇有深意言語詭激難可方各陳其端適萬變聖道所以垂茫茫以材自華不憂世倘若芝草非棟梁吾爲子賢欲拜紀子有過言吾弗臣子之親乃鳳鵠似我燕鵲耳能頡頏家雞野鶩古有誚奚捨老翼來求王因風乘潮會至海當前斷港奚宜航要知書爲世人讀大義從此不可量不然孰得謂汝稃綴句眼見詩騷芳

徐椒岑先生壽詩有序

椒岑先生於姻戚中爲長者以文學則先輩也而同在羇旅一城之隔歲時伏臘命酒交慰懽忘其年先生無所請屈於世而泛泛焉與之湛浮不迂不隨譽其文取

暫給而止無久計亦無多求焉當世曰若此足矣酒酣談劇間道其生平慨然承學先生不謂然亦未嘗不許爲知言也九月之吉先生六十弧旦合子稱觴同人各有祝余亦本昔意成章用博一懽

雷霆震山嶽不能驚浮漚臨深莫不懼湛鱗獨不憂融風拂膏壤草木青紅稠樓臺遞歌吹惜晼又驚秋崇高若政徹極縱復何求一言不死藥噎淚東海頭流光捲人去天智莫能度切身有多寡苦樂斯不侔豪門金玉海巨莫恐見收園傭販水賣弛擔東西遊以茲悟生理萬金買無愁合靈媚天則冥漠亦不羞曷況一身外仍有幾希留觥觥徐夫子達識高其儔行藏入迂叟亦復通王侯肓文之萬世不與命爲讐家貧任子債老至無

身謀親朋惜情話忽聚天一陬城根菊花酒上壽爭斧韝賤子
亦何語但用平生投公毋再拒我謂子奚湛浮憂端太無際生
人當自由古之適性者龜鶴蜉蝣六十化理遂四十疑團休
但悲吾道細天地長悠悠

摯父先生來止廣廬懽讌歷日而後即其弟陽信其行甚
早外舅不知猶以冬柳詩來索和也因和而并寄之

一歎離筵各暮遲可憐冬柳路旁枝誰賡磊磊軒千載空自茫
茫閱四時客有別腸能貯酒子今交手更流澌正愁陽信春無
綠此日荒寒亦不知

陳介菴太史亦憐相公後園鶴而索拙詩觀之承和乃用
乘軒爲慰勉且詭其辭爲臆對而謬自詡爲雜語也疊

韻奉答

鶴性若無改乘軒當可悲法爲人所豢情與命俱遲嗟子鳳鸞
質奚吾燕雀知蓬山有高會雲路一要之

山水太孤寂懸知送老難豈能無瘠土看汝上長安狡獪作雜
語欲獻憑鶴欄梅尊暫相守春近歲將闌

答詩未往介菴又成二首壹反前意爲乘軒者悲夫翔登
金殿苦語難工而驟別珂鄉牢愁不少吾知君意不謂
君之反復也再疊而並詶之

從古金華殿不聞秋士悲漸知入世好仍恨去鄉遲夫子亦何
爲所懷人不知軒渠後園鶴流涕更傷之

界絕人天路乘除亦大難誰文一生事博得兩頭安藹藹花藏

塲青青竹出欄箋宵費斟酌永憶夜燈闌

日與季皐言事喜其意量之日遠次鶴詩又高古過所望

和以賞之

對汝章縫氣貫爲紈綺悲翻因聞道速仍恨讀書遲師說鄒三樂家聲楊四知鵬風九萬里跪怒一培之

自古高明地隆隆欲晦難惟茲五三籍餉汝萬千安新侶亦奇服高吟同畫欄權輿帶詩味吾意孰先闌

擬陸魯望漁具詩 并序

余讀陸魯望漁具以余之所童而習證以所詠有知有不知要惟識其大槪若滬今謂之簖而昔人之以滬名濵者今且爲寰中之耀區瀛海之都會矣時世雖異勞

歌則同荒江有家故業還在不無悲己之辭亦雜矢民之感依題試詠亦十五篇安得鹿門其人灑然與之同作

網

每懷物之初獨歎網公網聖人師微蟲播毒徧區壞習機毀萬魚澄波無一饗誰謂詩人慈流膏日同享

罩

詩人亦有懷罩罩遲嘉賓曾斯太平物淪落空江濵波寒下無際何處藏珍鱗牢籠待得酒漁翁長苦辛

罔

一樣江湖邊謀生有巧拙挾是爲升沈手穿足流血多得雲螺

歸少能致魚隨君當大網求豈憂澤云竭

釣筒

幽人自無事閒理釣筒舟行不到處水面朝無風事在貪廉際身兼動靜功掉頭去弗顧遊目思無窮

釣車

秧馬可以騁釣車可以馳歸休飯魚麥何用富貴爲洋洋一波裏塗軌無人知客有提竿反何曾悔路歧

魚梁

飛梁偃波面彌望似叢篠湍急巨鱗順岸圻石門小關空一深入江湖失窮宵有鳥來驚窺悠然去雲表

又魚

宵中集漁父麈厲各馳騁篝火下澤梁人語下游聲區區口腹累精銳一何逞吾欲天地冰臨淵鑑寒影

射魚

挾矢窺清波跳鱗臥密藻懸知非蛟龍亦自應絃倒行歌鍛蘆問生計何草草斯人不卽鹿經綸坐終老

鳴根

擊汰者誰子容與聽所適已有驚鱗飛潑剌正盈尺吳中烟水鄉事事敎人惜獨夜聞此聲微吟和空碧

滬

有滬江之窮涼波下三泖荒荒百家漁乘潮役饑飽寧知千載後九域獻技巧長鯨橫海來截竹又能撓

摻

冰薄日以結下有千尺泥有條有枝葉得此珊樹棲懷安遂爲
醢識者屢歎悽東風在何許須臾死猶稽

種魚

水居千石陂其始亦微弱湖鄉買魚秧同植有佳惡道逢褚衣
人命酒懼然酌不爲長大憂徒知縱捨樂

藥魚

昔人觀打魚猶爲暴殄哀誰歟縱此毒遽令全池災蠹犀獨難
得何處無鴆媒蒼蒼號含物對此令人猜

舴艋

浪子載歌舫健兒尸樓船漁家小騰擲亦在波浪前推篷飯盈
盎眯眼拂炊烟曷不乘潮逝冥冥入海天

笭箵

蒯緱不帶劍削竹不成篚愈不覆詩書烟波無一字何物繫腰
間茫然有生理謀生亘獨難嗚呼問漁子

大雪欲招閔伯叔節同賞之無所得酒殽而罷而二君乃
餽以隻雞胡桃爛然盈案使一日之悶頓解而又自傷
其窮也爐傍次仲賓松風閣韻亦以懷之

雪壓沙磧塡冰川炭火烈烈然至椽敬告僮僕無多然四十有
幾方除年要客來賞瓊瑤天聾欲歌吹無管絃對此荒廚進冷
泉卹然始悟諸公賢醉卽樂死醒開筵不得有意常高懸君家
兄弟俱寒氈凍澤那得波浚浚顧此老醜相鮮妍隻雞胡桃來

佐饘復有樂意縈炊烟仲也低徊飲盜泉洗心置之明月前夢
想吾儕夜不眠會以臘日施行纏我獨身爲勢利孿可憐終歲
如蝸旋

贑齋學士既刻繩吾詩又引申其義至再至三而不厭若
以鄙人足當其直道而摺詩能堪其糾彈者感詶一詩
以悲其遇

龍比傷心百不云空將熱血灑吾文十年草莽宜心折千古噲
蘭總自焚不意鼓鐘共昏曉臥看風雨在烟雲何緣老謝人間
世長爲攖泥試匠斤

雪後兩日仲彭乃以雪中兩佳篇督和勉和一首應敎因
懷伯行

檐風颯颯搖枯桑寒雀只向窗虛翔迎曦出雲百無力凍雪未
凍還飄揚小儒瑟縮廝溫飽乃有詩事須平章鄒生偃蹇枚叟
嬾相如捧簡安逃藏可憐今歲梅花晏老使天地無生香天山
佩環亦虛語祈豐報瑞誰之望阿兄騎驢走山谷悵眺玉宇悲
横茫吾欲年年傍君醉瓊杯綺食無還鄉

仲實自苑平來津度歲要余尋和其松風閣韻余思仲實
欲與之談道久矣恨其來數日而余猶未能從容過之
次詩道意

我家骨肉如流川散處不得同一椽子亦作客胡懽然有父兄
弟偕迎年冰雪沈沈四九天要賣名聲歌獨絃只聞口渴呼煮
泉不見人謂先生賢欲歸與子張談筵凍月已向街頭懸都門

子有論道氈清言如水交潺湲莫笑齊髡著語姸還能老死汪洋饘門前萬事如風煙庭有至味甘如泉子心卓立昧旦前我乃醉倒三更眠純清至濁無人纏最愁白日生牽攣一若柳絮風中旋

范伯子詩集卷第八

浙西徐氏校刻

范伯子詩集卷第九

通州范當世无錯

光緒二十年甲午正月至十一月南歸送女湖北作

恪士至自都門以曾重伯所詒詩扇相示且爲致聲問我也我思重伯久矣自以文正公再傳弟子故於重伯引分甚親陳義述情無所於讓故次其韻以示恪士且屬爲轉詒

普天徧飫曾侯德一族孤懸似細腰難向莊生問庭逕虛從杜老歎雲霄芳椒薦豕將何地大柏棲鸞又滿朝獨有亭亭好孫子手提駿馬逐奔飆

私淑平生無不在門庭長落每能知葛侯聲譽宜騰翥楚客交章太陸離豈憶獨居垂老日相呼同謁太初師申詳要與深人處笑謝悠悠世上兒

子亦深深大鐘似我乃向人衡氣機獨爲此君宜解帶不妨吾道尙傳衣登車日月雄心改帶甲乾坤老眼稀花下一尊須痛惜焉知來日不分飛

送方子和之山右

冰雪一身寒徹骨火雲千里日當空飄零十五年前淚還向君前一灑同

且喜昔賢皆有此更能前路好山多逢郵即醉無須問斗水長鯨莫我訶

夜涼雨霽獨行院中乃得灑然滌其煩苦而取外舅所授

浙西徐氏校刻

詩三紙讀之和其三首

雨餘剛靜夜雲裏著疏星稍稍月痕出依依鄰火青即事便多暇流光苦未停冥然孤照影愁汝尚亭亭

此地一叢瓦向來千劫沙入烟寒帶樹時雨潤添花微惜壁間粉晴烘天際霞直須宵放霽毋使壁暉賒

擊柝嚴城隔城間尚有人詩窮來乞米吏隱不垂綸一歎危君父千年望帝臣高衢豈猶騁吾謝九方歅

庽廬雜遣十二首次外舅糈台雜遣韻以示恪士

辛苦三年枘垂垂欲向圓妻孥猶菜色賓客更何門絮影風相定荷聲雨自喧低徊正無事生理日軒軒

客以京塵至避囂邀可憐官貧成一笑思有出重淵即貴終窮

好依人望主賢蚊雷夜成市障汝薄羅便

太息幸餘老低棲在此間微吟送日好老境用才閒舊養悲花縣遺忠託岵山幸翁看不見報國淚潸潸

誰分太平久今猶養五更島夷窺日影大漢振天聲道好文終敝吾衰夢轉清頻噓東閣酒成此笑歌行

一生長自廢莫慰老親懷贅壻貧無賴嘗郎若有階談知天道大夢想故園佳可歎玄邱逝淒涼范氏街搜神記哀公十七年獲麟乃在范氏街也

文字銷憂耳由來古不償尋常分貴賤斯事與低昂積架五千首傳杯十萬場朽餘寧復起數典未能忘

櫜筆爲生事原知作計非何愁終不老祇怯未能歸世業貧深見家書客久稀塞鴻窮似我所得是南飛

借八臺館住車馬日相過孰謂侯生客能如公子多兩君談叙
寘一侶學蹉跎野有繁花茁園鶯奈爾何
珠桂長安似兼之酒價高傾家已無贍結客那能豪好語咨奴
輩忠心望汝曹主人方嫁女賣犬莫辭勞
有婦好文甚拋書來作家留賓還脫珥愛女代簪花悵彼橫范
大誰能一葦加無爲動歸興聊煮雪坑茶
一雨屋全漏愁來燈火青曾無一錐地翻憶五霞耕昔有馬生
角斷無凰翦翎妻賢不受紿獨語竟誰聽
徹骨知無用惟堪細詠同傷心鼙鼓外縮手地天中長落六時
水雌雄二等風不爭將酒待回首陣雲空

将士避亂而來外舅感時有作諸公發興連詠同於去年

余因懷摯父先生次韻感述

世事又隨春草換隔年還是腐儒心爲周有此迢迢夢不禹何
須寸寸陰倚壁半檠孤照在當門一雨九河深正令曉入平津
閣只向青天耐苦吟

昨夜四星芒角動奇星亦自互天懸瘦童羸馬吾衰矣服斗當
箕事偶然供缺祇堪煨覓繼倦來徑欲喚榆眠驚心彀帝龍飛
日坐嘯承平已卅年

不信古來喪亂際沈憂不散曾摧肝殘陽有樹鴉終集絕島無
花鳥盡歡未必銅山虞細火豈妨鏡海動微瀾行年四十何從
老正頗舒眉次第看

海內寧無惜公者吾知公用亦無能身經藥裹剛何病架有藤

花放幾層梁木一摧無得放樓窗三笑更難騰惟須屏絕扶搖
意惻愴南歸逐化鵬

戲爲徐摯齋題其先德子勤先生所爲十二醜畫册

小駟禰衫看傀儡悪心妍狀也堪娛參軍畫稿眞奇絕待把人
間百醜圖

禹鼎紛紛豈無類化爲粉墨億千身談忠說孝吾知妄此是開
天露醜人

我自平心向牛鼎對人俳笑總餘情齊髡郭禿皆無賴豈惜書
生小醜名

當代徐摛還有子石麟彩鳳自天來勸君收拾幽幷氣暫倚詼
謿命酒盃

天津王仁安孝廉以詩見投次韻相答

人生不自見百世無人知所以縣崖松亦作青霜姿迷離大花
海意逐東風披令人不自保一旦撤藩籬人娛豈有限但爲斯
人悲前民有戒律儒生當奉持饑餐必麟脯渴飲必華池遺萬
而得一此言眞可師世有知我者頭白未妨遲少年有深處卻
喜我能窺王生造詩句起落皆崇規昂然欲自惜見可來通詞
我有淩虛管予吟爲予吹發聲天漢上一使風雲卑

恪士止我寓廬四句曰大願余所爲而作詩以堅寂寞之
約且爲我徧敎其徒也詶之二十六韻

皇天不示畫上聖不修辭爾我飯牛去焉用嘵嘵爲大哉文字
域奧絕眞難窺茫茫九等味純以聲和之絃將一二竅潛發有

藏還聖人所自得潑水甘如飴口耳則四寸美實充肝脾臨文
一唱歎逐態生妍媸時流不善學截膏來佐脂猶割虎狼理以
飾羔羊皮迂生之所曉云云古如斯華鮮愈不得腐朽頁堪悲
湖南有家法來人多淸奇恪士乃可畏持全抵人巇悲來必飄
忽下筆三五遲是以風雨際歷弄煙霜姿坐我北堂上召我遊
徒嬉承之苦不媚擊用醜詆訾我語諸子聽此事古迷離三公
九牧貴面受侏儒欺眞能丈夫者世上皆嬰兒少年有際遇感
激爲金椎行乎植汝骨廓汝空中思陳身對胥壤萬古長軒眉
一蠶所辛苦終得衣人肌不得組文繡長爲履下綦

濯髮歠瓜汁甚樂也季皋疑之爲作一詩以釋余之頑鈍

暑汗蒸蒸髮不敢頹以身居垢汚底一朝省得鳥能容刻苦低

頭倩人洗申椒菌桂蘅芷蘭居然合沓糅吾體奴子復以瓜水
來寒似蕉漿甘君齎忽念此水非人間正用枯藤作根柢花落
蒂在風吹之青青涵虛變芳醴故以二斗奔注胸一氣毋令遁
牙齒人生斯世良可悲有已眞應惜稊米昨日妻屬姚君毘是
亦頻年謂兄弟撫尸一慟吾已賢畏熱先歸額無泚今晨相國
大用兵故將門前轟彫栞豈無平生一片心且喜從來未傷髀
嗟汝迢迢青歲人寧知我者如風遞夢裏嘻吁向憶親白日思
家已無涕

金道堅之爲人余聞之曼君有年今年春嘯溪始爲紹介
期會於公讌之間然余之往也固已不煩指引而能自
得之於稠人中矣曼君之死道堅欲求其女以爲子婦

余以是尤切於心今以素扇屬書乃屬馮君小白畫遂
萊旭日奉詒而作詩以道其意

朱家昔勤招要意自也今居介紹功君自不煩諸子力我能親
索萬人叢義存死友天無古氣有生民日在東獨歎低徊媚君
者飛騰莫景一頽翁

陳敬如過衙齋共晚餐而出徘徊橋下久而別去歸而遂
次其見投之韻

勞塵入海化爲沙萬劫銷沈更不譁博望再生還有空匈奴未
滅豈無家雲天夜醉葡萄酒風露秋開菡萏花斟酌微吟借籌
苦胥來一笑悟津涯

戟門秋水日潺湲宜有寒人著此間冷暖知非一朝事賢愚眞
隔百重闗瑣杯綺食貪新宴白道青松了舊山顧我仍爲好嘲
客寧能醉飽暮無還

貨殖於今有萬都秦皇漢武亦區區偶然道左成君我不值人
間論有無歸對妻孥燈穗大夢驚田舍稻苗枯不知豪俠能從
否吾欲窮山種橐吾

八月五日晚窗即事

舉頭纖月在殘陽簾密窗疏坐可望四載間身渾不覺一更初
魄已無光然燈僕從思歸嬾投筆生徒感事忙莫我惛惛覺無
辨冥然眞對海山蒼

嘯溪告以集得上馬擊賊下馬作露布左手持螯右手擎
酒杯十八字爲聯頗用自喜而即夕招飲於酒樓飲罷

歎其歸而閒寂也余因屬其多和吾詩翌日寫數詩以
往拼用其意爲詩代柬以謝之

上馬擊賊下露布左手持螯右酒杯四事未能先得半一生無
命不須才坐深且忘天南北膽落能禁海闊開只有吟詩向秋
好君看霜露白皚皚

中秋次韻高季迪張校理宅玩月

我來四換霜林藍魂夢已失江邊嵐江月沈沈山月小今皆淪
落無人探浪說吐茵不宜逐坐對丞相車龍驂偷有此廬樂今
夕天與月我相濡涵月之團團定何物疑非我與天能參一片
寒冰照人世卻有功用無求貪著向青天不可掃朗若大字題
空嵌所以賢愚各頂禮豈有罵語聞詬誶我之摶摶定何物語

大足比書中蟫當年亦欲拾此相春山夜雨縈苔龕固知早成
定虛願不得綠髮尋歸庵鬱蹙錦瘤要人探百計不售成枯枏
平生思之但負月捫心愧對秋江潭人間佳節復有幾淪失八
九鍾阜南身獨何爲入四舍翻覆自縛真如蠶祇能磊落對天
笑老死寂寞吾何憇焚香徑下嫦娥拜臣於萬物靡所耽朝吟
莫吁有述作書生例許爲空談李彪設貝范雲陷豈論明日無
黃柑天有雨風月有闕惟獨臣言無二三祝拜而起婦亦拜拜
罷一笑干愁含謂余披寫既如此孰爲偃蹇停歸驂天寒海昏
怒濤動孤客坎壈真能堪嗟子斯言吾豈昧飛霰既集誰不諳
丈夫行止有尺寸但惜玉貌非好男長年與人共煙火能無一
日同苦甘何況東兵大蘊手曾不責我謀平戡精台丈人亦無

事正用此際窮幽覃勸君努力淸光下不惜沈醉宵酬酬博得
有情無智慧歲與草木無邊毿

金道堅生日嘯溪戒各爲一詩而其置酒焉及是日而東征之師敗報沓來不能成一字矣晚乃就席間疊韻奉詒雖以道其一日之愁仍不悖於千春之祝

秋暉短短焚膏繼摘盡霜毫無寸功恨不驪探蘆荻壘橫思騎
獵蕙蘭叢揮杯爲爾稱難老籌筆憐渠尚大東四皓由來畏亂
際得閒眞作采芝翁

寄某御史 蓋有書來頗持大義而亦以相商故答詩云爾

燼餘士卒生還少孤注樓船再戰無九代垂衣魂夢警卅年補
衮血華枯柏臺尙作棲烏舍蓮幕終分養鶴符疏有千篇詩百
首一般無用恨爲儒

錫翁貽詩告以六月變生二子而稱其縣大水以故不適問因訊以倭寇之事余以近所爲詩賦寄之次韻奉答

怪事寧能寫向空班張無奈作玄通更無人似新亭客要與君
爲商洛翁一紙書言家慶事雙珠采躍月明中孩提轉有承平
望釀福聊因澤裏鴻

李佑三被劾南歸新吾送之綢繆於此署者屢日新吾笑謂我彼其兄弟由富貴而幾貧賤未必非好我而然也賦詩爲別

人間一日濤飛海塞上千年鳫叫羣翠袖微霜脩竹染烏衣殘
照野花薫高居夢范偏憐我獨櫂歸吳最戀君能與金昆爲好

浙西徐氏校刻

曾直將寒雪變春雲

吳監泉觀戰於牙山及退至平壤而得優保心不怡走歸乞自募軍而平壤失相亦不令復從軍居此鬱鬱相與共眺神機營用新吾韻

君在雲天在草萊深堂脈脈亦堪哀低頭應被祖劉笑攘臂還令絳灌猜曾此高原九土合能無大海一波回羽林碧樹秋猶爽了可吟詩略費才

磐碩初自都門聞警將從家而南約期相晤比來書乃不欲輕動而和余晚窗即事以道其意疊韻訓之

日日悲笳送夕陽落帆洲渚鎮相望聽多唳鶴捐虛警睡足珠驪發舊光離合卅年流覽富升沈百輩死生忙海飛不動天聲作吾友眞能入老蒼

湖北按察使署弔陳友諒墓

落葉空山吾到此頽垣廢塚爾何人沈思衹覺天無意微感應憐盜有塵東道林亭還寂寂北征車馬日振振江濤日煖聊堪笑愴立斯須亦夙因

年來雖屢與漢陽萬星濤綢繆於津滬之間而不至其家者恰十年矣比復止於其雙梧書屋者兩宵臨別賦詩爲贈

飄飛十載重過汝啼笑經年復此豪一水波濤疑更闊雙梧日月儘能高肝腸帶酒應無膩鬢髮迎霜且自勞會以霞軿來其馭與君揮手謝英髦

星濤之姪萬昭謙亦來乞詩疊韻與之

偃仰當前百不適從容語子忽然豪六鼇不隔三山近一鶴能吟萬象高子弟承家終不易聖賢拔俗詎勝勞傳聞已解經餘學鄴架英英有俊髦

薛次申觀察故江蘇巡撫薛公煥之子也薛公投老所居曰枕經書屋次申繪圖徵詩感題一首

抱蜀不爲天下用當年四海一居州風雲變態生龍虎烟雨閒情狎鷺鷗畢竟英雄誰耐老不如絃誦晚無憂低徊世上乘除理畫裏分明識所由

余以歲莫疾還里頫發而爲風浪所阻乃又喜與伯嚴兒得稍聚也撫事有贈

愛極翻成無不捨歸心忽斷喜心回故知雨雪爲期會轉借風波盡樂哀家有療飢田二頃吾當爛引子千盃蔦蘿攀附尋常事鶴與長松萬古陪

海內飄摇十數公更能堅許兩心同獨成一往翻憐昨烏有千秋果慰窮醉把文章傳作笑談將身世渺浮空淹留弗渡君眞善終恐岷江不再東

內人有詩別女吾亦不可無以詒師曾也遂次其韻

平生冰玉有餘音不覺推移望汝深如此婦翁應可意向來兒女未關心聖謨漠漠精猶粲人海茫茫血見忱萬事不如文盡寫幾年燕楚對披吟

乃園梅萼萬千枝寒雨江城入夢思畢竟宦遊渺如寄不如心

賞淨相宜明時家國方憂患歷刼文章有陸離再見飄搖定何
處懷貞履道勿須疑

余既與伯嚴稍稍贈答無幾而決行矣攜大集以歸用韻
而成惜今日之作

余獨何爲惜今日交離攄頓一逢兄寒江照此雙心合夜雨憐
渠獨角成六籍死灰拚葬送八方兵氣忽崢嶸談餘低首乘流
去竊把君詩海上城

里中歲晚郊行復用伯嚴見貽之第二首韻以寄

眼中騰踏是吾州廣陌眞堪信馬頭百口不如鄉語順一身終
其野翁求新塍覓路依馴犬舊港銜泥遇凍鷗畢竟棲棲有餘
戀復從籃轝夢君游

范伯子詩集卷第九